Mark Sarg

Die graziöse Leiche

Mark Sarg

Die graziöse Leiche

Bizarre Kurzgeschichten

Goldene Rakete Verlag für Belletristik

Cover image: www.ingimage.com

Publisher:
Goldene Rakete Verlag für Belletristik
is a trademark of
International Book Market Service Ltd., member of OmniScriptum Publishing Group
17 Meldrum Street, Beau Bassin 71504, Mauritius

Printed at: see last page
ISBN: 978-620-2-44525-2

INHALTSVERZEICHNIS

DIE REISE UNTER DAS BETT

Seit Jahren kannte Hofrat Lydius Blaupinscher nur ***ein*** Urlaubsziel: den Kronleuchter in seinem Salon. Bequem auf diesem thronend, schwang er den ganzen Tag hin und her und trällerte fröhliche Liedchen.

Als eines sonnigen Tages der Lüster den Strapazen ein Ende setzte und mit seinem Feriengast zu Boden stürzte, lief dieser gleich darauf ins Reisebüro, um sich wütend zu beschweren: „Man stelle sich vor, ich wäre mit dem ***Flugzeug*** abgestürzt!“

Man tat sein Bestes, um ihn zu beschwichtigen, und bot ihm eine Ersatzreise ***unter sein Bett*** an. Eher missmutig willigte er schließlich ein.

Zu Hause angekommen, bezog er sofort Quartier an seinem neuen Urlaubsort – und war nunmehr von dessen ruhiger, schattiger Lage höchst angetan.

Überselig beschloss er, seine künftigen Ferien nur noch ***hier*** zu verbringen!

„DARF ICH SIE ZERMÜRBEN?“

„Darf ich Sie zermürben, Eminenz?“ In christlicher Demut erteilte Kardinal Jeronimus Feuchtstrudel Prof. Delphi von Leuchtnudel, einem äußerst wachen und kritischen Geiste, die Erlaubnis – was nun ein wahres ***Sperrfeuer*** an überaus skeptischen Fragen zu den endlosen eklatanten Widersprüchen der Bibel nach sich zog.

Am Ende war er so zermürbt, dass er kleinlaut sein Amt aufgab, gemeinsam mit dem Professor aus der Kirche austrat, bei diesem einzog – und ihm fortan die Füße dafür küsste, ihm noch ***beizeiten*** die Augen geöffnet zu haben!

„ZERMÜRBEN SIE MICH!“

„Zermürben Sie mich, mein Herr, dann gebe ich Ihnen das kostbare Stück gerne zum halben Preis!“ Geradezu mit Feuereifer folgte Herr Melchior Duftstern der verlockenden Offerte von Antiquitätenhändler Bronislav Luftkern, bei dem er eine schier unerschwingliche wundervolle Biedermeieruhr entdeckt hatte.

Und mit vollendeter Hingabe begann er ihn sogleich an allen nur möglichen Körperpartien abzulecken und zu kitzeln – bis sein „Opfer“ schon gänzlich wehrlos und erweicht auf dem Boden lag.

Und mit der Einladung, für den Erwerb weiterer Preziosen zu den gleichen Konditionen möglichst bald wieder zu erscheinen, verließ er mit seiner Trophäe strahlend den Laden. Wenn auch selber bereits ein wenig mürbe ...

DIE FLOTTE LEICHE

Tagaus, tagein hurtig unterwegs, schaffte es die selige Miss Deborah Papstwurz dennoch stets, hübsch zurechtgemacht zum abendlichen Rendezvous mit ihrem Sarge zu erscheinen.

„Wo ***nimmt*** die ihre Energie bloß her?“, staunten ihre neidischen Genossinnen, die meist sogar Mühe hatten, auf allen ***vieren*** in den Sarg zurückzukriechen.

„Ich war schon früher eine sehr flotte Person“, bekannte die Vielbewunderte einmal freimütig beim Kaffee mit drei Cousinen, „Aber nun, wo ich gestorben bin, lebt es sich natürlich noch um ***manches*** leichter!“

DIE SCHÖNE MÜLLERIN

Eine Müllerin war von derart ***atemberaubender*** Schönheit – dass letztlich sie selbst und das gesamte Dorf elendiglich erstickten!

DAS GEHEIMNISVOLLE FOTO (1)

In einem Antiquariat tauchte ein altes, verblichenes Foto auf, das so gut wie nichts erkennen ließ.

Sofort begann sich die Fachwelt brennend dafür zu interessieren. Zahlreiche Publikationen wurden verfasst und hunderte Wissenschaftler aus aller Herren Länder versuchten mit modernsten technischen Geräten, dem Phänomen auf die Spur zu kommen.

Mit dem Ergebnis, dass auf dem Foto nunmehr ***gar*** nichts mehr zu sehen ist.

DAS GEHEIMNISVOLLE FOTO (2)

Einer renommierten Zeitung wurde auf mysteriöse Weise ein Foto zugespielt, auf welchem man seitlich gerade noch ein Stück eines seltsam-altertümlichen Herrenhutes über einer merkwürdig geschwungenen, langen Nase ausnehmen kann.

Da es bei jedem Betrachter auf unerklärliche Weise Schaudern und Befremden auslöst, wurde es umgehend einer Reihe von Parapsychologen zur Untersuchung vorgelegt.

Doch erst Prof. Dr. Zacharias Sarggott, eine Kapazität ersten Ranges auf diesem Gebiet, konnte nach jahrelanger, intensivster Forschung das Rätsel des Fotos lösen:

Es wurde nie ***aufgenommen***!

„BEZAHLEN SIE SICH SELBST!“

„Und bezahlen Sie sich gefälligst ***selbst***, von mir erhalten Sie jedenfalls keinen Penny!“ Wütend und türknallend verließ Sir Melvyn Dorfblum das Taxi, mit dem er zu einer feierlichen Bestattung angereist war.

Und die kleinlaute Fahrerin, Mrs. Fliederlaus Gurkenrüssel, gehorchte der Aufforderung nicht nur ohne Protest, sondern legte auch noch gleich ein stattliches Extra darauf. Aus Erleichterung darüber, so glimpflich davongekommen zu sein.

Wegen der Vergewaltigung ihres Gastes auf dem Lenkrade während der rasenden Fahrt auf der Autobahn.

DER LEERE SCHRANK (1)

Einmal mehr stellte Mrs. Mildred Fodlburger beim morgendlichen Ankleiden fest, dass ihr überaus geräumiger Schlafzimmerschrank eigentlich so gut wie leer war.

Nach reiflicher Überlegung schob sie ihr ***Bett*** senkrecht hinein und beschloss, künftig dafür auf dem Boden zu schlafen.

DER LEERE SCHRANK (2)

Im Begriff, ein frisch gebügeltes Kleid in den Schrank zu hängen, merkte Fräulein Zirpa Beerennöter mit totalem Unverständnis, dass aus diesem sämtliche anderen Kleidungsstücke verschwunden waren.

Da sie aber ohnehin einen ausgesprochen ***depressiven*** Tag hatte, war ihr das auch schon einerlei.

Sie legte das Kleid wieder beiseite, holte einen kräftigen Strick stattdessen – und hängte sich selber im Schrank auf.

DER LEERE SCHRANK (3)

Mit Bestürzung sah Madame Claire Schlaraffinguère:
Ihr großer Schlafzimmerschrank war ***leer***!

Sogleich begann sie ihn wieder mit Nougathäppchen aufzufüllen.

DER LEERE SCHRANK (4)

In höchster Eile, um zum Begräbnis eines Freundes zurechtzukommen, musste Herr Panamaneo von Rips sein Erstaunen darüber, dass sein Schlafzimmerkasten vollständig ausgeräumt war, auf später verschieben.

Ziemlich mitgenommen wieder zu Hause, öffnete er erneut den Schrank, um über das Rätsel nachzusinnen – und prallte vor Entsetzen zurück:

Die Leiche des Verstorbenen hing darin und grinste ihn an!

„GESTATTEN SIE SICH!“ ODER

DIE URSACHE EINER WELTPLAGE

„Gestatten Sie sich ruhig vor dem Ableben einige Gläschen Wein! Gott wird Ihnen sicher gnädig sein.“ Nach einhelliger Meinung aller zuständigen Experten trägt dieses Zitat aus dem jahrhundertealten „Religiösen Erbauungsbüchlein“ eines gewissen Padre Flohgott Erbsenrüssel die alleinige Schuld am exzessiven und verheerenden Suchtmittelmissbrauch.

Denn da die meisten Erdbewohner bekanntlich ihren Todeszeitpunkt weder ahnen noch wissen, betrachten sie die fromme Empfehlung als Freibrief für **permanenten** Alkoholkonsum – und dehnten sie zudem im Laufe der Zeit auch noch auf sämtliche anderen Drogen aus.

Das kommt davon, wenn man religiöse Schriften falsch interpretiert – oder für der Weisheit letzten Schluss hält!

DIE LEICHTE LEICHE

Eine Leiche war so luftig und leicht, dass man sie mit einer ***Fee*** hätte verwechseln können.

Als sie sich eines Nachmittags in einer Straßenbahn einem älteren Herrn auf den Nacken setzte, meinte dieser zunächst, sie wäre eine Fliege, und wollte sie verscheuchen.

Als er jedoch merkte, dass er eine ausgewachsene menschliche Leiche auf sich hatte, ***heiratete*** er sie stattdessen.

Und dass sie ein Mann gewesen war, empfand er keineswegs als Nachteil dabei.

DIE FESCHE LEICHE

Eine Leiche war so fesch, dass sie ***jeden*** haben konnte, den sie wollte. Nur ihren ***Sarg*** nicht.

Der warf sie jeden Abend hinaus mit der Begründung:

„Ihre Feschheit macht mir schon tagsüber sehr zu schaffen; aber ***nachts*** zumindest will ich meine Ruhe haben. Es macht mich sonst ganz kribbelig, wenn ich so auf Tuchfühlung bin mit Ihnen!“

DIE GRAZIÖSE LEICHE

Eine Leiche war so graziös, dass ihr Engagement bei einer renommierten Tanztruppe einfach nicht ausbleiben konnte.

Dort avancierte sie bald zur gefeierten Primaballerina und bescherte sich und der Kompanie triumphale Erfolge.

Als man eines Abends – eher zufällig – entdeckte, dass sie eine Leiche war, wandelte man ihr zu Ehren das Theater in einen ***Friedhof*** um!

DIE ENGSTIRNIGE LEICHE

Eine Leiche war so engstirnig, dass sie nicht und nicht begreifen wollte, dass sie eine Leiche war. Fortwährend lud sie sich selbst bei allen möglichen Leuten ein, konnte keiner Party widerstehen und war insbesondere von **diplomatischen Empfängen** ganz angetan. Da man ihr aber unschwer anmerkte, welchem Stand sie angehörte, legte man nirgends Wert auf ihre Gegenwart und gab sich immer die allergrößte Mühe, sie möglichst rasch wieder loszuwerden.

In ihrer Not suchte sie schließlich den angesehenen Leichenberater Bertoldo Schwatzkopf auf – und gemeinsam heckten die beiden einen raffinierten Plan aus:

Ab sofort trug die Leiche ein Schild mit der Aufschrift: „Inhaberin des 1. Preises für die beste Maskierung des Jahrhunderts“.

Und nun – o Wunder über Wunder – taten sich überall Tür und Tor wie von selbst auf. Man ***riss*** sich geradezu um ihre Anwesenheit und ***brüstete*** sich damit, sie zu Gast gehabt zu haben.

Ihre Beliebtheit nahm derartige Ausmaße an, dass sie letztlich sogar ins Parlament gewählt wurde.

Und von da ab dauerte es gar nicht lange, bis sie – als Krönung ihrer Laufbahn – per Volksentscheid zur **Bundespräsidentin** wurde!

DAS TURBULENTE GESCHÖPF

Ein Geschöpf war derart turbulent,
dass man es heute kaum noch kennt.

Denn wann immer von ihm die Rede war,
entschwand es um ein ***weiteres*** Lichtjahr!

UNERWÜNSCHTE CAPRICEN

Ein Spatz hatte vorübergehend Quartier in einer Kirche bezogen und wartete, bis der Pfarrer, Monsignore Bartholomäus Hennenreiter, aus dem Beichtstuhl gekrochen war, um ihn sodann höchst aufdringlich zu umflattern und ihm auf dem Weg in die Sakristei anzüglich nachzupfeifen – was er an den nächsten Tagen wiederholte.

Am dritten Tag endlich wies ihn der Hausherr streng zurecht: „Ihre Capricen sind hier durchaus ***fehl*** am Platz und daher unerwünscht, mein Herr!" „Ich gehe aber doch sicher nicht fehl in der Annahme, dass mein Tun unter das **Beichtgeheimnis** fällt?", erkundigte sich der Spatz, indem er vorlaut den Tonfall des Pfarrers imitierte.

„Dies trifft nur zu, wenn Sie tatsächlich gebeichtet ***haben***. – Allerdings kann leicht passieren, dass Sie gar nicht mehr imstande sind hierzu, weil ich Sie zuvor ***vernascht*** habe!", setzte der Geistliche mit scherzhaft drohendem Zeigefinger hinzu.

Da flog der Spatz rasch unter seine Soutane und vernaschte ***ihn***!

DER SCHWEIGSAME MORD

Ein Mord war so schweigsam, dass er sich nicht einmal seinen Opfern gegenüber zu seiner Motivation äußerte. Er kannte sie nämlich selber nicht.

Und als er sie dann endlich doch herausfand – sprach er vor lauter Scham **überhaupt** kein Wort mehr.

Wenigstens zu Lebzeiten.

DIE UNTERBLIEBENE TEUFELSAUSTREIBUNG

Kardinal Eukalyptus Silberzahn war von solch exorbitanter Dynamik, dass er zwar in einem fort vor Energie zu bersten drohte, aber immer noch in letzter Minute eine „heilige“ Wende vollzog – was ihn geradezu prädestinierte für heikle missionarische Aufgaben.

Als er jedoch über allerhöchstes Geheiß vor der Herausforderung seines Lebens stand – nämlich ***Satan*** endlich aus der Kirche zu vertreiben –, da ***platzte*** er vor schierer Unternehmungs- und Abenteuerlust mit dem größten Vergnügen doch lieber schon ***vorher***.

Und so schaltet und waltet der Teufel mit sichtlichem Wohlbehagen bis heute in der Kirche ...

DAS ROTZMENSCH UND DIE KLOFRAU

„Ich mache Sie gleich aufmerksam:", warnte eine Klofrau ein Rotzmensch[1], „Wenn Sie sich hier nicht ***anständig*** benehmen, werfe ich Sie sofort hinaus!"

Im Nu hatte sich dieses auch schon in einer Kabine eingeschlossen – und benahm sich dort derart ***un***anständig, dass die „Gastgeberin" wie von Sinnen an der Tür rüttelte: „Was ***habe*** ich Ihnen gesagt?! Machen Sie sofort auf!!"

Es dachte jedoch nicht im Entferntesten daran – sodass die Klofrau schließlich die Feuerwehr anrücken ließ. „Mich ***kriegt*** ihr aber nicht!" Voller Bosheit spülte sich das Rotzmensch einfach selbst hinunter!

Tage später konnte man es zufrieden grinsend und eine Zigarre schmauchend auf dem Kanal treiben sehen. Und jedem, der es verdutzt betrachtete, beeilte es sich, ganz weit die Zunge herauszustrecken.

---

[1] ungezogenes Mädchen, Göre

DIE NONNE UND DAS ROTZMENSCH

„Eines Tages werden dir ***alle*** Sünden vergeben sein", versicherte Schwester Artemisia Schlapfbart mit abgeklärtem Lächeln einem Rotzmensch.

Grund genug für jenes, sogleich freudig den Rock zu lüften und dies mit einer vulgären Geste zu garnieren.

„Nur diese ***eine*** nicht!" Zutiefst ergrimmt nahm die Nonne ihren Schleier und erdrosselte es.

DAS ROTZMENSCH UND DER GENTLEMAN

Ein verlockendes Angebot unterbreitete Sir Matthew Sargschlecker, ein Gentleman vom Scheitel bis zur Sohle, einem sich anbiedernden Rotzmensch, nachdem er es ausreichend taxiert hatte: „Wenn du an deinem Aussehen arbeitest und vor allem deine Manieren gehörig verbesserst, könnte ich mir durchaus vorstellen, dich in einigen Jahren als ***Putzfrau*** einzustellen!"

„Ach was", entgegnete das Rotzmensch gewohnt keck, „deine Nase putze ich dir ***gleich***!" Und es biss ihn in diese, bis er niesen musste.

„Wenn ich mir's recht überlege", war er plötzlich voller Überschwang, „wärst du mir als Putzfrau vielleicht doch zu schade!"

Und er heiratete sie auf der Stelle.

DER ARZT UND DAS ROTZMENSCH

Medizinalrat Dr. Baldrian Mordskerl wurde von einem Rotzmensch konsultiert.

„Sie haben sich bloß mal wieder überfressen!”, lautete seine Diagnose und er verschrieb ihr ein Abführmittel.

„Sie können sich Ihr Rezept ***sonst*** wo hinstecken!”, protestierte sie trotzig. „Na warte, du Lausbalg!“, dachte der Doktor, packte sie mit eisernem Griff und schob ***ihr*** das Rezept hinten hinein.

Auch ***das*** half.

DAS STERBENDE ROTZMENSCH

Ein Rotzmensch lag in seinen letzten Zügen und ließ nach dem Dorfpfarrer, Monsignore Dolberto Hutschnauber, rufen.

„Sei dir gewiss, meine Tochter, dass du von ***jeder*** Schuld befreit wirst!“, beschwor er sie an ihrem Bette. Beruhigt spuckte sie ihm daraufhin rasch ins Gesicht, ehe sie verschied.

„Dank’ dir, o Vater, dass ***ich kein*** solches Rotzmensch bin!“, murmelte der Pfarrer in tiefer Genugtuung und bekreuzigte sich.

DAS VERZIERTE GESCHÖPF

Ein reich verziertes Geschöpf fiel Papst Knautschblut dem Sanften in die Suppe. Er hielt es natürlich für Gott – und verschlang es mit frommer Hingabe und Hochgenuss.

Denn seine tägliche Ration Hostien reichte ihm als heilige Nahrung schon lange nicht mehr!

DIE SMARTE LEICHE

So ***smart*** war Gräfin Anastasia Schwertpapst in ihrem späteren Zustande, dass sie sich unentwegt fragte, wie sie es jemals ***lebendig*** ausgehalten hatte.

Und als ihr endlich die Erleuchtung aufging, dass dies eben die unvermeidliche ***Vor***stufe zum nunmehrigen Status gewesen war, fühlte sie sich gleich noch um ein **Vielfaches** smarter.

DIE FRÖHLICHE LEICHE

Von einer solchen Fröhlichkeit war die frühere Comtesse Isolde Wandermichl, dass sie ständig zu vergessen schien, was sie nunmehr war. Munter pfiff sie auf der Straße vor sich hin, bis sie besorgte Passanten höflich an ihren Zustand erinnerten und um etwas mehr Dezenz und Angemessenheit baten. Es half indes nichts – kaum war sie um die nächste Ecke, trällerte sie erneut drauflos.

Als ihr einmal ihre drei Jahre ***früher*** verblichene Schwägerin, Baronesse Clothilde Kopfsack, die dessen ungeachtet immer noch Schwarz trug und auch sonst tiefste Trauer demonstrierte, aus einer Kirche entgegenwankte, zeigte sie sich völlig unverständig über deren Verdrießlichkeit: „Was kann ***uns*** denn schließlich noch passieren?!“ – „Das ist es ja gerade, was mich so traurig stimmt: die Gewissheit, dass mit uns ***nichts*** mehr passiert!“

Da stellte sie ihr rasch ein Bein, worauf die Tragödin in einer tiefen Pfütze landete – und in ungeahnte, hemmungslose Heiterkeit ausbrach: „Selbst zu Lebzeiten hatte ich mich ***nie*** so glänzend amüsiert!“

Die beiden harmonierten überaus prächtig von da ab, sangen und musizierten voller Anmut gemeinsam, und heirateten in der Folge sogar – was ihnen ehedem absolut undenkbar erschienen wäre.

So ansteckend kann eben ***echte*** Fröhlichkeit sein!

DER AUFSTAND DER PATIENTEN ODER DIE DISKREDIERTE ÄRZTESCHAFT

Die ganze Stadt war über das plötzliche Ableben von Dr. Fliegenlump Engelherz zutiefst erschüttert – und zwar aus einem einzigen Grunde: Wie konnte es möglich sein, dass ein ***Arzt***, mit all seinem Fachwissen, dennoch so gänzlich unvermittelt starb?!

Die gesamte Ärzteschaft war über Nacht in Misskredit geraten und wurde als völlig ***un***glaubwürdig entlarvt. Immer mehr spontane Proteste der verunsicherten und vergrämten Patienten entzündeten sich und mündeten schließlich in einem regelrechten Aufstand.

Erst als die genaue Todesursache endlich feststand, kehrten rasch wieder Ruhe und Vertrauen in den Berufsstand ein: Der gute Doktor war ganz einfach von einem missgünstigen Kollegen ***vergiftet*** worden!

DER LEICHENKOLLAPS

Beim erstmaligen Anblick im Spiegel der Gruft erschrak die frisch verschiedene Lady Shelley Sauwirt dermaßen, dass sie einen Kollaps erlitt und von ihren besorgten Gefährtinnen in ein Hospital verbracht wurde.

Dort weigerte sich der diensthabende Arzt, Dr. Schmusehut Gruselhummer, rundweg, sie zu behandeln: „Was soll ich denn bei ***der*** noch retten?!“

Worauf ihm die mittlerweile wieder Erstarkte empört eine schallende Ohrfeige verabreichte. „Nie in meinem ***Leben*** bin ich so geschmäht worden – soll ich mir das vielleicht ***jetzt*** noch bieten lassen?!“ Und sie stülpte dem Geschockten ihr Leichenhemd über und eilte nackt, doch erhobenen Hauptes heim in die Gruft.

Beim hektischen Versuch, sich von dem Hemde zu befreien, war übrigens der Doktor selber kollabiert – wovon ***er*** sich allerdings nicht mehr erholen sollte ...

DER MORD UND DIE FEE

Ein Mord erschien inkognito zum Tee bei einer Fee, und hatte kaum den Hut gezogen, als sie ihm schon seine wahre Natur enthüllte, schlimmes Unheil prophezeite und energisch die Tür wies.

Darüber geriet er in solchen Aufruhr, dass er sich fortan nie mehr zum Tee verabredete.

„BESCHWIPSEN SIE SICH!“

„Beschwipsen Sie sich getrost, bevor Sie sich zur letzten Ruhe betten. Dann wird es vielleicht ein wenig lustiger!“ Mit Vergnügen folgte Oberst Fagottinus Rauchrüssel dem Rate seines Arztes Dr. Laubgott Wetterfrosch – und starb in der Tat mit schallendem Gelächter.

Doch gleich darauf ärgerte er sich grün und blau, dass er seinen Rausch nicht einmal richtig ausschlafen konnte. Denn rascher als ihm lieb war, wurde er wiedergeboren – als überzeugter Antialkoholiker.

MUSISCHE VARIATIONEN

Zur Schulung und Entfaltung seiner dichterischen Ader las Sir Talford Feigennudel seiner betagten Tante, Countess Lorraine Quarklump, regelmäßig aus der Zeitung vor – wobei er die Meldungen auf eine Weise verdrehte, ergänzte und manipulierte, dass dabei ***noch*** abscheulichere Monstrositäten herauskamen, als es ohnehin schon gewesen waren.

Als aber seine „musischen Variationen" die bemitleidenswerte Adressatin in völligem Wahnsinn in den Freitod getrieben hatten, gründete er mit dem geerbten Vermögen reumütig einen „lyrischen Zirkel" – dessen Hauptanliegen es nun war, „den verderblichen Einfluss der Zeitungen auf die Gesellschaft etwas abzumildern".

LEICHE AUF DIÄT

Frühabends bei der Heimkehr in die Gruft fand Mrs. Deborah Pimpenzierl die folgende Nachricht vor:

„Mein Herzblatt!
Habe mich spontan zu einem Heurigenausflug mit einigen Sargkumpels entschlossen. Warte daher nicht mit dem Essen, kann sein, dass es später wird.
Dein dich liebender Sarg"

Geübt in Gleichmut und Gelassenheit, dachte sich die Adressatin: „Da lasse ich doch glatt die Mahlzeit ***ganz*** ausfallen. Etwas Diät wird meiner Figur nur guttun. Ich gehe neuerdings ohnedies so auseinander!"

DIE EINJÄHRIGE HEIMSUCHUNG

Schlag 2 Uhr nachts trat ein überaus **elegantes** Gespenst, ganz in Weiß, an das Bett von Mrs. Querela Senfmaker, um ihr feierlich zu verkünden: „Ich habe Sie zur Heimsuchung auserkoren. – Dürfte ich auf Ihre Kooperation zählen?“
„Bliebe mir denn eine Wahl?“, sondierte sie behutsam. „Nicht eigentlich; da ich jedoch großen Wert darauf lege, dass mein Gewissen ebenso weiß bleibt wie meine Erscheinung, würde ich Ihre Mitwirkung ungemein zu schätzen wissen!“

Da kein Einspruch erfolgte, schlug ihr Gegenüber die Decke zurück, um sich voller Grazie auf ihren Schoß zu setzen. „Ich erlaube mir, Ihnen eine einjährige Heimsuchung, aufgeteilt in wöchentliche Sitzungen von je einer Stunde, zu offerieren“, trug es in geschäftsmäßigem Tone vor.

Während der folgenden Zeit nun erfüllte es seine Verabredung jeden Donnerstag, pünktlich zwischen 2 und 3 Uhr nachts. Die Hausherrin, deren Begeisterung sich anfangs durchaus in Grenzen hielt, begann indes zunehmend Sympathie für ihren Gast zu entwickeln. Vor allem sein adrettes Äußeres und seine exquisiten Manieren hatten es ihr angetan. Bald konnte sie die „Besuchstage“ gar nicht mehr erwarten – und schließlich war sie regelrecht in ihn verliebt!

Als in der Abschiedsnacht nach einem Jahr das Gespenst mit einem Blumenstrauß erschienen war – wollte sie es ganz einfach nicht mehr fortlassen! Da wusste dieses Abhilfe: Es erwürgte sie gnädiglich – und als nunmehrige Kollegen entschwanden ***beide*** durch den Kamin.

TANTE THEOPHILAS RETTUNG

Regelmäßig pflegte sich die kleine Isabelle Zungenstrecker zu beschweren: „Onkel Eusebius will mir immer Angst machen, wenn du nicht da bist, Mami. Er wirft mir durch den Briefschlitz Leichen herein!" Worauf jene stets nur mechanisch konterte: „Und was hast du mit ihnen gemacht, Liebes?" – „Ich habe sie im WC hinuntergespült."

Eines Nachmittags konnte die Mutter jedoch gerade noch **Fürchterliches** verhindern, als sie heimkam, indem sie ihre Tochter im letzten Augenblicke davon ***abhielt***, die Spülung zu betätigen:

„Nun machst ***du mir*** Angst, Kind! Was fällt dir ein, Tante Theophila ***ist*** doch noch gar nicht tot!!"

DIE DAME UNTER DEM BETT

Beim Staubsaugen stieß Mrs. Cordula Waldlump auf eine elegante, recht resolut wirkende Dame unter ihrem Bett: „Ich weiß zwar nicht, wer Sie sind und woher Sie kommen, aber ich könnte trotzdem gut jemanden gebrauchen, der mir beim Fensterputzen an die Hand geht!“

Willfährigst akzeptierte die Unbekannte und erwies sich dabei als so geschickt, dass ihr die „Dienstherrin“ begeistert noch weitere Angebote machte: „Wenn Sie mir auch künftig im Haushalt zur Seite stehen, verrechnen wir das gegen Kost und Logis – und Sie dürfen gerne unter meinem Bette wohnen bleiben!“

Aber bald schon ergänzten und vertrugen sich die beiden derart ausgezeichnet, dass die Gastgeberin ihre Mitbewohnerin hierarchisch höherrückte. Sie durfte nunmehr ***in*** ihrem Bette schlafen.

Und zur Krönung der immer gedeihlicheren Zusammenarbeit durfte sie endlich sogar ***mit*** ihr schlafen.

So wunderbar einfach und harmonisch lassen sich Beziehungen bei einem Mindestmaß an gegenseitiger Wertschätzung gestalten!

DER HERR UNTER DEM BETT

Beim abendlichen Liegestütz gewahrte Monsieur Beaumarchais Papsthirn einen ihm gänzlich unbekannten, ausgesprochen charmant aussehenden Herren unter seinem Bett. „Das trifft sich wahrlich gut!“, freute er sich, „Ich könnte ohnehin noch nicht schlafen und hätte unbändige Lust auf ein Kartenspiel!“

Mit freundlichem Lächeln nahm sein Gast die Einladung an – doch war er in der Tat ***so*** liebenswürdig, dass er den Hausherrn fortwährend gewinnen ließ.

Und als der dies endlich realisierte, widerrief er empört seine im Glücksrausch für die restliche Nacht in Aussicht gestellten Avancen, warf den „treulosen Falschspieler“ beleidigt hinaus – und schwor sich, künftig nur mehr ***morgens*** Turnübungen zu absolvieren!

DIE KURIERUNG AUF DEM BALLE

Wegen hochgradiger Verschwollenheit wurde Baron Lovro von Windhirn auf einem Nobelballe nicht erkannt. Alle hielten diese dagegen für eine besonders ***gelungene*** Maskerade und ***rangen*** geradezu darum, mit ihm das Tanzbein schwingen zu dürfen.

Am Ende jedoch erkannte ***keiner*** einen anderen mehr – weil nun jeder so verschwollen war.

Einzig der Baron eilte völlig geheilt und munter zum nächsten Ball.

DIE DÜPIERTE NONNE

Nächtliches Glockengeläute riss Schwester Lydia Brautwischer aus dem Schlaf. „Mein Gott, der ***Herr*** ruft nach mir!" Erregt eilte sie hinauf in den Glockenturm, fand dort aber lediglich einen Landstreicher vor, der sie spitzbübisch angrinste.

„Was fällt Ihnen ein, Sie Tölpel, wollen Sie das ganze Dorf aufwecken?!", wies sie ihn zurecht. Anstelle einer Antwort verstärkte er sein Grinsen noch und unternahm einen plumpen Annäherungsversuch, worauf sie ihm eine schallende Ohrfeige verpasste.

Da grinste der Landstreicher über das ganze Gesicht und hielt ihr seine ***andere*** Wange hin. „Oh, mein Gott!", entfuhr es ihr nun in tiefstem Schrecken, „Bist du es ***doch***! – Ich habe den ***Herrn*** geschlagen!!!" Und verzweifelt vor Scham stürzte sie sich vom Turm.

Der „Herr" hingegen jauchzte jetzt vor Kichern, rieb sich die Hände und kehrte befriedigt heim. Aber keineswegs in den Himmel.

Denn natürlich war es der ***Teufel*** gewesen, der einen seiner berüchtigten Ausflüge absolviert hatte.

DER WEISE IRRE

Ein weiser Irrer sprach voll Stolz: „Ich bin zwar irre und weiß, dass ich weise bin, aber ***weiß*** bin ich ***nicht***!“

Und er fuhr fort, sich violett anzumalen.

Printed by Books on Demand GmbH, Norderstedt / Germany